Échos de passion

Elle est aveuglée par le regard curieux et pénétrant de l'homme

Père Lolo

ÉCHOS DE PASSION

First edition. April 29, 2024.

Copyright © 2024 Père Lolo.

ISBN: 979-8224114436

Written by Père Lolo.

Also by Père Lolo

Échos de passion

Katie Stevens traverse une longue période de malchance désastreuse. Elle vient d'être licenciée et sa vie personnelle est un éternel gâchis de mauvais choix. Il est notoire qu'elle attire toujours le mauvais type d'hommes. Un samedi matin, un couple dans le stand voisin attire son attention. Elle est aveuglée par le regard curieux et pénétrant de l'homme. Il est avec une femme qui lui parle avec révérence – comme s'il était son Maître.

Malgré ses réserves, elle est captivée, jusqu'à ce qu'il se présente à son appartement. Harceleur! Elle laisse échapper instantanément dans son cerveau, mais l'homme a une proposition effrontée qu'elle ne peut pas refuser.

Katie a fait semblant d'être fascinée par le pain perdu dans son assiette. Le regard de l'homme était implacable, et elle commençait à se sentir un peu harcelée. Rassemblant toute son énergie, elle leva les yeux et lui lança un regard noir. Mauvais mouvement! Le temps s'est arrêté et Katie a oublié de respirer. Ses yeux étaient hypnotiques et ils la retinrent captive pendant un long moment avant qu'il ne sourit de travers. Katie sortit de la brume de perplexité et d'excitation et haleta alors que sa fourchette tombait bruyamment sur le sol. Elle se tortillait dans sa cabine. Même si une femme l'accompagnait, il y avait quelque chose chez l'homme qui lui donnait envie de crier avec un désir exacerbé.

Il avait l'air complètement épuisé, mais sa personnalité était celle d'un être brillant et magnanime dans le petit café. Brianna, l'amie de Katie, ne semblait pas affectée par le charme de cet homme. Mais pour Katie, il semblait que sa virilité à couper le souffle recouvrait tout l'endroit.

"Nous devrions y aller", murmura Katie à Brianna, trop paniquée pour jeter un nouveau coup d'œil à l'homme.

« Vous n'avez pas fini votre petit-déjeuner. Je pensais que tu étais affamé ?

Katie déglutit en dépassant la boule logée dans sa gorge ; c'était immobile. Il n'y avait aucun moyen qu'elle puisse forcer une bouchée de pain perdu à dépasser cette boule ! Involontairement, elle leva les yeux alors que le couple bougeait dans sa vision périphérique. La femme, grande et ronde avec des cheveux blonds coupés court, se leva. Elle sourit timidement à l'homme, s'inclinant presque, et Katie grimaça devant la dévotion très évidente qui se dégageait de sa forme.

"Merci Monsieur." Son murmure était doux.

Les yeux de Katie s'écarquillèrent. Que se passe t-il ici?

L'homme hocha la tête comme s'il lui accordait une faveur royale, et elle se dirigea vers la sortie. Katie a complètement oublié l'homme et le fait que ses yeux perçaient des trous dans son profil. Elle resta bouche bée devant la superbe blonde, mystifiée par sa démarche délicate et sa beauté impeccable. Il était 6 heures du matin un samedi matin et ses cheveux étaient en désordre, ce qui a amené Katie à en déduire qu'ils avaient partagé un lit. Elle avait l'air complètement baisée et échevelée, ce qui a réussi à ajouter à la curiosité de Katie – et de façon choquante – à l'excitation.

Monsieur? Qu'était-il? Son patron ou quoi ? Le respect... Dieu ! Cela avait été tellement... tangible. Sa chatte se resserra et Katie fut surprise par la sensation érotique.

Appuyez sur appuyez sur appuyez.

Elle se redressa tandis que de longs doigts masculins et bronzés tapaient sur la table juste devant elle. Elle n'eut pas besoin de lever les yeux pour déchiffrer à qui appartenait cette main. Ses ongles étaient courts et soignés, ses doigts épais et longs. Ils lui rappelaient ce que Brianna lui avait dit un jour : le lien entre les mains d'un homme et la taille de sa queue.

Comme pour renforcer ses réflexions, le coude de Brianna poussa avec force les côtes de Katie, la faisant basculer sur le côté. Elle leva les yeux, ses yeux lançant des étincelles de fureur indignée. Le même hypnotisme, le même magnétisme l'envahirent à nouveau. Elle s'arrêta et ses yeux bleus – brillants et irréels – pétillèrent devant sa déconfiture. Katie haussa les sourcils, faisant semblant d'être courageuse et sûre d'elle, mais ses entrailles avaient fondu. La chaleur liquide s'échappait de sa chatte et s'accumulait dans le bas de son pyjama. Choquée et immobile, elle se mordit la lèvre et l'attitude de l'homme changea.

Son visage se durcit imperceptiblement et ses yeux se plissèrent, s'enfonçant dans les siens comme s'il essayait de voir dans son âme. Katie recula devant l'expression de ses yeux, mais il se retourna instantanément et quitta le café.

"Qu'est-ce qui vient de se passer?" La voix de Brianna était comiquement aiguë.

"Je euh... il était..."

"Est-ce-que tu le connais?"

"Non non. Je ne sais pas." Katie avait du mal à respirer correctement. Le serveur est venu et a tendu à Katie un morceau de papier. "Qu'est-ce que c'est ça?"

"Un monsieur au comptoir m'a demandé de vous donner ça."

"Oh mon Dieu! C'est... » Brianna n'a pas tardé à sauter aux côtés de Katie.

Katie l'ouvrit timidement et ses doigts tremblèrent d'excitation. Dans ce document, écrit avec une belle écriture concise, se trouvait son adresse. La bouche de Katie tomba et même Brianna semblait incapable de parler. Quelques secondes passèrent. "Ce bâtard!" Brianna a pleuré et Katie a sursauté.

"Allons-y, Brianna." Katie attrapa son sac et partit, craignant de lever les yeux au cas où l'homme serait toujours là. Mon adresse. Comment diable connaissait-il mon adresse ? Elle vérifia son sac pour voir si son portefeuille était toujours dedans. Il n'aurait jamais pu connaître son adresse. Elle ne l'avait jamais vu auparavant et elle aurait aimé ne plus jamais le voir.

Katie a glissé ses clés dans sa porte d'entrée et est entrée. Elle avait passé la nuit chez Brianna et n'avait pas dormi un instant. Son chômage et sa vie éternellement problématique l'avaient empêchée de dormir. La pauvre Brianna était juste restée debout pour parler.

Juste au moment où Katie était sur le point de tomber sur le canapé pour se reposer, on frappa brusquement à la porte. « Aah ! » gémit-elle en traînant ses pieds nus sur le tapis alors qu'elle ouvrait la porte.

Il sourit et les lèvres de Katie s'entrouvrirent. Ses yeux s'écarquillèrent et elle se prépara à crier, avant de lui claquer la porte au nez. Une chaussure cirée arrêtait la porte et elle haletait, appuyant son poids contre le bois frais. « Je vais appeler les flics ! Allez-y maintenant ! » elle a crié et a entendu un rire de l'autre côté de la porte. Sa peur fut remplacée par la fureur et elle pinça les lèvres, lâchant la porte et reculant pour attraper son téléphone.

"Peux-tu juste m'écouter?" » dit-il d'une voix traînante, sans entrer dans l'appartement pour l'arrêter.

« Partez maintenant ! Espèce de harceleur ! » » cria-t-elle et ses yeux bleus pétillèrent d'amusement.

Juste au moment où Katie était sur le point de tomber sur le canapé pour se reposer, on frappa brusquement à la porte. « Aah ! » gémit-elle en traînant ses pieds nus sur le tapis alors qu'elle ouvrait la porte.

Il sourit et les lèvres de Katie s'entrouvrirent. Ses yeux s'écarquillèrent et elle se prépara à crier, avant de lui claquer la porte au nez. Une chaussure cirée arrêtait la porte et elle haletait, appuyant son poids contre le bois frais. « Je vais appeler les flics ! Allez-y maintenant ! » elle a crié et a entendu un rire de l'autre côté de la porte. Sa peur fut remplacée par la fureur et elle pinça les lèvres, lâchant la porte et reculant pour attraper son téléphone.

"Peux-tu juste m'écouter ?" » dit-il d'une voix traînante, sans entrer dans l'appartement pour l'arrêter.

« Partez maintenant ! Espèce de harceleur ! » » cria-t-elle et ses yeux bleus pétillèrent d'amusement.

« Sérieusement, Katie. Arrêtez de réagir de manière excessive !

Katie était pleine d'adrénaline. Cela s'était avéré être une matinée très effrayante et imprévisible. "Que veux-tu ?" » cria-t-elle, confuse par sa réaction à ses menaces.

"Puis-je entrer ?" » demanda-t-il sarcastiquement.

"Non tu ne peux pas! Que veux-tu ?"

« Pouvez-vous vous détendre ? Quoi de neuf ?"

Katie le regarda, stupéfaite. Il avait sûrement perdu la tête.

Son expression changea et son amusement disparut. En fouillant dans sa poche, il récupéra une carte de visite noire et la posa sur le sol comme si elle le tenait sous la menace d'une arme. "Appelle-moi quand tu auras ça", fit-il un geste comique avec ses mains, et elle se sentit comme une idiote, "sous contrôle".

Sur ce, il s'éloigna et descendit les escaliers. Katie posa son téléphone, la poitrine haletante. Elle ramassa la carte et la regarda, son visage devenant blanc.

Damon Meade.

Meade!

Damon Meade. PDG Culture intercalaire.

Oh mon Dieu! Katie a failli s'arracher les cheveux de colère et de frustration. Elle avait postulé pour un poste chez Intercrop il y a deux mois, puis l'avait oublié parce qu'elle avait eu un travail qui l'occupait. Aujourd'hui, elle était au chômage et le PDG d'Intercrop était venu chez elle. Je lui ai claqué la porte au nez !

C'est comme ça qu'il a connu mon adresse ! Soudain, toutes les pièces du puzzle se sont mises en place. Ou l'avait-il fait ?

Elle ne comprenait pas comment il savait... qu'il se passait quelque chose. Mais elle ne voulait pas perdre plus de temps. Elle avait besoin d'un emploi, sinon elle devrait dépendre de son fonds en fiducie. Elle ne voulait pas que les choses empirent autant.

Sans réfléchir, elle descendit les marches en courant, réalisant à mi-chemin qu'elle était toujours pieds nus, dans ses chaussettes grises. "Merde!" elle maudit. Elle ferait une sacrée impression sur son futur employeur. Juste au moment où elle pensait que les choses ne pouvaient pas être pires, "Hé !" elle a crié dans son dos.

Il se tourna, les yeux écarquillés et moqueurs, regardant ses pieds nus sur le trottoir froid. "Que fais-tu?"

«Je... euh. J'ai mal compris." Elle haletait, repoussant ses cheveux de son visage.

Damon la regardait, complètement envoûté. Son expression s'est réchauffée et Katie a baissé son sweat-shirt en rougissant pour le rendre légèrement... plus propre... si c'était même possible. Elle y dormait depuis des années.

« Alors, qu'est-ce que tu comptes faire maintenant ? Geler ici ?

Katie rougit alors que la voix rauque et grave du baryton la pénétrait, lui réchauffant les os. Il y a une heure, il prenait un café avec une délicieuse blonde, et l'aura sexuelle était suffisamment tangible pour être tranchée uniformément avec un couteau. Maintenant, ses yeux incroyables étaient concentrés sur son visage.

Il haussa les sourcils et Katie réalisa qu'elle avait exploré son visage, son nez fort. Ses grands yeux bleus étaient cils épais et elle souriait malgré elle.

« Préféreriez-vous vous asseoir quelque part et parler ?

Elle revint sur terre et repoussa ses cheveux de son visage. "Bien sûr."

Il hocha la tête, attendant quelque chose. Katie rougit devant lui, se sentant maladroite et maladroite. Ce n'était pas une personne ordinaire ; sa simple présence suffisait à lui donner la chair de poule.

"Envisagez-vous d'aller pieds nus?" dit-il incrédule et Katie rougit jusqu'au bout de ses cheveux.

"Non bien sûr que non! Pourquoi ne montes-tu pas et je peux te préparer du café ? » demanda-t-elle respectueusement et cela parut lui plaire. Il monta les deux étages derrière elle et elle rayonnait d'excitation. Avec un peu de chance, une fois cette discussion terminée, elle ne serait plus au bord du manque d'argent.

Le silence s'ensuivit tandis que Damon la regardait attentivement. Dans l'intimité de sa maison, derrière des portes closes, tout était un peu déroutant et intimidant. Katie repoussa ses cheveux de son visage et Damon l'observa, enchanté. Elle semblait avoir l'habitude de faire ça très souvent. La manche de son sweat-shirt gris usé couvrait ses mains jusqu'au bout des doigts. Ses cheveux étaient en désordre, bruns et ondulés, tombant sur la moitié de son visage. Son visage, débarrassé de tout maquillage, était un spectacle enchanteur. C'était un changement rafraîchissant. Il était habitué aux femmes plâtrées, couvertes de maquillage pâteux, aux paupières dégoulinantes de teintes vives. Il n'avait jamais eu d'aversion pour cela, mais en voyant Katie, sa perception a soudainement changé. Il n'y avait rien de plus attachant qu'une femme habillée pour aller au lit et qui ressemblait à un million de dollars de sexy.

"J'ai une proposition pour vous."

**

Le silence s'ensuivit tandis que Damon la regardait attentivement. Dans l'intimité de sa maison, derrière des portes closes, tout était un peu déroutant et intimidant. Katie repoussa ses cheveux de son visage et Damon l'observa, enchanté. Elle semblait avoir l'habitude de faire ça très souvent. La manche de son sweat-shirt gris usé couvrait ses mains jusqu'au bout des doigts. Ses cheveux étaient en désordre, bruns et ondulés, tombant sur la moitié de son visage. Son visage, débarrassé de tout maquillage, était un spectacle enchanteur. C'était un changement rafraîchissant. Il était habitué aux femmes plâtrées, couvertes de maquillage pâteux, aux paupières dégoulinantes de teintes vives. Il n'avait jamais eu d'aversion pour cela, mais en voyant Katie, sa perception a soudainement changé. Il n'y avait rien de plus attachant qu'une femme habillée pour aller au lit et qui ressemblait à un million de dollars de sexy.

"J'ai une proposition pour vous."

Le visage de Katie s'éclaira et elle sourit, se redressant alors qu'elle se préparait à ce que son destin change. «Je vous suis très reconnaissant d'avoir pris le temps de venir me voir personnellement.»

Son front se plissa de confusion et il pencha la tête, la regardant ostensiblement. "Je veux faire de toi ma soumise", annonça-t-il simplement, et il attendit qu'elle se lève de sa chaise.

Katie lui sourit simplement, se demandant ce qu'était un Sub. « Qu'impliquerait le poste ? »

Il toussa et Katie eut le sentiment angoissant qu'il se moquait d'elle. "Vous n'avez aucune idée de ce que c'est, n'est-ce pas ?" Le sourire de Katie s'évapora et elle secoua la tête. "Voulez-vous que je développe?"

"Oui s'il vous plait." Elle rougit.

«Je veux que tu sois mon soumis. Mon soumis," dit-il avec insistance. Alors que Katie restait toujours vide, il s'éclaircit la gorge. "As-tu vu la blonde avec moi ce matin?"

Katie se mordit la lèvre et hocha la tête. Elle avait fait de gros efforts pour chasser cette image de lui de son esprit – l'image de lui passant visiblement la nuit avec cette femme magnifique et la regardant de manière possessive. Cette vision envahit son esprit et elle tordit les doigts, se sentant stupide et naïve. Elle n'avait aucune idée de ce qui se passait avec Damon Meade à ce moment-là, et elle n'avait aucune idée de ce qui se passait à cet instant précis.

«Je viens de la laisser partir. Elle était ma soumise.

Katie fit une pause et essaya de peser la phrase dans sa tête. Il y avait du brouillard et elle était perplexe. La blonde avait visiblement eu des relations sexuelles avec lui. Elle n'aurait jamais pu manquer cette alchimie tangible entre eux. Et il venait techniquement de lui demander de prendre la place de la blonde.

Elle se releva, sa poitrine se soulevant et s'abaissant. "Est-ce que tu me dragues ?" » lâcha-t-elle bêtement.

Il la regarda avec étonnement, puis éclata de rire. "Pas vraiment."

« Je pensais que vous étiez là pour me proposer un poste dans votre entreprise ! cria-t-elle en ramassant la tasse de café qu'elle avait placée devant lui.

Il se releva et lui saisit la main, coupant d'une manière ou d'une autre le flux sanguin vers ses organes. Son visage n'était qu'à quelques centimètres du sien et leurs souffles se mêlaient.

« Je t'offre un poste, Katie, mais ce n'est pas dans mon entreprise. C'est dans ma vie.

Ses yeux percèrent les yeux marrons et liquides, descendirent jusqu'à ses lèvres, puis se relevèrent dans un sourire moqueur. Katie était immobile. Elle essayait de trouver un moyen de sortir de la tournure choquante des événements. Tout ce qu'elle avait à faire était de le repousser, mais le désordre humide entre ses cuisses la retenait. Sa gorge était sèche et sa poitrine picotait électrisante.

Elle déglutit, et l'homme qui la tenait emprisonnée par rien d'autre que son magnétisme changea, sentant sa perplexité et son combat intérieur. Sa main se leva et elle sursauta légèrement, mais se détendit lorsque sa jointure glissa le long de sa joue, effleurant presque à peine sa peau.

« Penses-y, Katie. Je te demande d'être mon soumis. Cela a ses avantages », soudoya-t-il et elle fronça les sourcils. Elle n'avait aucune idée de ce dont il parlait. Sa bouche descendit et Katie haleta instinctivement, levant le menton pour recevoir un baiser qui, elle le savait, la briserait sûrement complètement.

Rien ne s'est passé et, essoufflée, elle a ouvert les yeux. Il avait un air condescendant et suffisant sur le visage. Il secoua la tête et elle rougit. « Je ne vous propose pas vraiment ça », dit-il comme si cette pensée le dégoûtait. Sa main glissa autour de sa taille, la rapprochant.

Katie avait l'impression que tout bougeait au ralenti. Chaque millimètre que sa main effleurait était enflammé d'une sensation qui affaiblissait ses genoux. À sa grande surprise, l'homme effronté et ridiculement énigmatique lui saisit les fesses d'une main et les serra, les lèvres entrouvertes. C'est à ce moment-là que Katie a eu le premier aperçu de son indulgence brûlante.

Toucher ses fesses a changé son visage. C'est devenu plus dur, plus sinistre, et le feu qui se cachait dans ces yeux bleus s'est transformé en lave de démolition bleue flamboyante. "Je vais te donner une fessée, Katie," murmura-t-il et sa mâchoire s'ouvrit, ses yeux écarquillés. Il s'était attendu à ce que la jeune fille naïve dans ses bras repousse mais elle resta sur place, devenant seulement plus souple dans sa prise. Encouragé par sa réaction, il a poursuivi : « Je vais faire tellement de choses... avec ça. » Il serra les fesses et Katie se retrouva haletante, les yeux rivés sur ses lèvres magnifiquement ciselées et moulées.

"Tu ne vas pas dire quelque chose?" siffla-t-il, ses doigts effleurant doucement sa fente, laissant le tissu de son pantalon de survêtement s'enfoncer dans la fente. Elle gémit et ses doigts saisirent le devant de sa chemise. Elle avait l'impression de se noyer. C'était un autre type d'absolution. Elle se sentait à la fois vivante et transpercée, et tout son être était attiré vers son corps. Il abandonna instantanément ses fesses et lui saisit les mains, la forçant à libérer le devant de sa chemise de son emprise mortelle.

Il secoua la tête. « Vous avez beaucoup à apprendre », gronda-t-il. Lorsqu'elle le regarda bouche bée, il lui attrapa la taille et la fit tourner.

« Aah ! » Katie a crié, soudain moins excitée. L'intérieur de ses cuisses était tendu avec des sensations s'enroulant comme un serpent dans sa chatte. Il a tiré le pantalon de survêtement et ses fesses étaient nues, sans une bande de vêtements pour les recouvrir. Katie serrait les fesses de peur, mais il était déjà trop tard.

Sa paume, dure et inflexible, s'écrasa sur une fesse avec un grand claquement. Ses joues flamboyaient d'un embarras liquide qui lui donnait envie de se recroqueviller de honte face à cet acte débilitant. Puis la piqûre retentit et elle fit un bond en avant. « Aah ! » cria-t-elle en s'éloignant. Il l'a saisie sur place et sa main a réchauffé le point sensible. Elle tressaillit, haletante alors qu'elle le regardait avec colère. "Quoi?" cria-t-elle, les yeux écarquillés.

"Chut chut," dit-il. Son visage était tendu, sa paume apaisa la brûlure de sa chair. Katie était horrifiée. Elle essayait d'être sage et de le repousser, mais il était tellement... magnétique. Elle était attirée vers lui, plus près de son corps, par une force étrange. Malgré tous ses efforts, elle ne pouvait pas ignorer l'attrait de son destin.

Sa main lui caressa intimement les fesses. Le fait de savoir qu'un homme qu'elle connaissait à peine était si intime, la touchait si doucement après l'avoir frappée comme un fou, lui fit serrer la chatte de manière invitante.

"Mieux?" » râla-t-il et avant qu'elle ne puisse répondre, la claque retentit dans la pièce.

« Euh ! » cria-t-elle, tendue, cette fois sans s'éloigner. Il y avait quelque chose dans le coup, dans l'homme qui essayait de lui faire du mal, mais qui en même temps apaisait les piqûres. Alors que sa main atterrissait, il froissa la chair, la tordant férocement. « Oh ! Les yeux de Katie s'écarquillèrent et elle fixa le mur. Sa main tordait sa chair, l'utilisant pour sa propre gratification tordue. Elle rougit en sachant avec indignation qu'elle était affectée par son excitation.

Il grogna et elle se mordit la lèvre, sa poitrine picotant alors que les lèvres de sa chatte avaient envie d'être écartées. Il avait faim et pleurait, son jus coulant le long de l'intérieur de ses cuisses. "Je te donne un prélude, Katie," grinça-t-il soudainement à son oreille et le souffle chaud ajouta encore à un enfer déjà qui faisait rage. Elle haleta et tendit ses fesses, les repoussant vers lui. Il gémit et sa chatte se serra en réponse. Sa claque atterrit sur les deux joues ensemble, et elle pouvait sentir les réverbérations de sa chair alors que le coup la laissait chanceler.

"Oh mon Dieu!"

"Non!" » rugit-il instantanément et la frappa à nouveau. Les yeux de Katie roulèrent au sommet de sa tête. "Ne fais plus ça!" il était en colère et Katie n'avait aucune idée de ce qui lui était interdit de faire. Ce qui n'allait pas et semblait presque satanique, c'était son adoration apparente pour son cul. C'était tordu et féroce, et sa réaction innée face à cet acte presque dégradant a été le plus grand choc de tous.

Il gémit en frottant les joues rouges et douloureuses. Katie avait envie de tomber au sol, d'écarter les jambes et de lui offrir son intérieur. Elle se recroquevilla dans une agonie tentante et sa main glissa le long de sa fente, ses doigts examinant grossièrement ses effets.

"Putain!" grogna-t-il et Katie écarta les jambes. Ses cuisses se tendirent tandis que ses doigts exploraient chaque crevasse de son endroit intime et lisse. Ses doigts glissèrent le long de la fente, puis emprisonnèrent la chair qui pendait au milieu. "Tu es tellement putain... mouillé!" il gémit et son doigt frotta son clitoris, avec force et expertise, jusqu'à ce

qu'elle se cambre et frémisse. Elle allait jouir. Une seconde de plus et elle allait jouir.

"Oh oh!" elle haletait, les yeux écarquillés, les lèvres écartées et les fesses repoussées vers l'arrière. Sa main glissa jusqu'à sa fente, laissant de l'humidité sur sa trace. « Euh ! » » grommela-t-elle de déception tandis que son orgasme déchaîné se tendait jusqu'au bord, mourant d'envie de tomber en avant mais n'y parvenant pas tout à fait.

Il rit à son oreille. "Non! Ce n'est pas comme ça que ça se passe, Katie. Il faut demander, mendier !

Sa tête pencha sur le côté et les mots sortirent de ses lèvres avant qu'elle ne puisse les arrêter. "Comment?" elle a pleuré et il a souri, son visage étant un masque dur.

Il fit une pause, et son expression choquée montrait clairement qu'il ne s'attendait pas à ce que la question soit posée. Katie était une fille naïve ; c'était évident dans chaque réaction, chaque gémissement qui sortait de ses lèvres. Sa réponse était contrôlée et elle luttait contre sa réponse. Sa main se retira instantanément et il recula, la laissant perplexe.

"Tu t'agenouilles et tu supplies, Katie," dit-il doucement. Alors que son visage devenait blanc comme un drap, la bite de Damon gonfla encore plus.

Ses fesses rougies et douloureuses mises à nu, son pantalon retroussé sur ses genoux, elle était une image d'innocence et de simplicité. Le fait qu'il tentait de la corrompre, en l'entraînant dans son monde tordu de satisfaction personnelle, ne pesait pas sur sa conscience. Il la voulait et il n'était pas habitué à lutter contre cette envie.

Puis il partit sans un second regard sur son petit cul rond et il sut qu'il l'avait marquée comme sienne. Son cul, imprimé de la forme de sa main, en était un témoignage, et il ne pouvait pas attendre le moment où elle s'agenouillerait à ses pieds et le supplierait de la prendre.

Il serra les dents et sa queue lui fit mal alors qu'il se glissa dans sa discrète Mercedes, et s'enfuit à toute vitesse, se détestant de ne pas avoir donné à sa queue un avant-goût de sa chatte mouillée.

**

Katie se recroquevilla en petite boule de dégoût. Elle enfonça sa joue dans l'oreiller, puis son nez, puis tout son visage. Le souvenir lui revenait à l'esprit comme si elle avait été une troisième personne témoin de sa mortification et de sa disgrâce.

Elle cherchait un responsable de sa bêtise, de son extrême naïveté à inviter un inconnu chez elle. Et s'il avait été un tueur en série ? Et s'il avait été un violeur ?

Une rougeur teinta son corps et elle resserra ses cuisses pour combattre l'envie dans ses reins. Damon Meade l'avait changée. En l'espace de quelques minutes, elle s'est sentie comme une autre femme. Elle avait toujours été timide et maladroite ; jamais du genre à afficher son corps ou à montrer qu'elle était affectée par un homme. Sa seule relation sexuelle, il y a trois ans, s'était terminée avec un sentiment de bas prix et de saleté, et elle avait juré de ne jamais s'engager dans une aventure occasionnelle.

Sa force, sa façon de prendre totalement et complètement en charge son corps, son âme intérieure, lui avaient fait fondre les entrailles.

J'ai perdu la raison !

Son espoir de trouver un emploi avait été perdu, mais à la place se trouvait un autre désir qu'elle s'efforçait de réprimer. Elle a imputé la nuit à l'insomnie. Elle avait été incohérente. Elle essayait désespérément de donner un sens à sa réaction étrange et complètement inappropriée. Il n'y avait aucune chance que tout ce qu'il lui faisait soit tolérable. C'était inacceptable. Elle ne laisserait pas un homme – n'importe quel homme – la traiter de la même manière qu'il l'avait traitée.

Cela avait été humiliant.

Cela avait été bouleversant ! Sa chatte se rappelait comme si elle avait développé son propre esprit. Elle gémit dans l'oreiller, désireuse du doux réconfort du sommeil. Une fois réveillée, elle l'oublierait. Elle négligerait ce que cet homme lui avait fait ressentir.

Trois heures plus tard, elle se réveilla en sursaut. Il était midi et elle avait un terrible mal de tête. Cela avait été quelques heures de sommeil agitées. Elle n'avait rêvé que d'événements épars et de vues aléatoires, mais tout cela était en quelque sorte lié au bruit incohérent dans sa chatte, qui refusait de s'éteindre.

Katie avait toujours été impulsive et elle s'était toujours forcée à lutter contre l'habitude très perturbatrice de faire les choses sous l'impulsion du moment. Ils se terminaient presque toujours mal. Les chances que cela aboutisse n'étaient pas en sa faveur.

Elle se versa une tasse de café et s'assit sur la table basse du salon. Elle pinça les lèvres lorsque la vue revint et elle pouvait presque se voir penchée. Damon retirait le pantalon de son corps et le réclamait pour les fantasmes déviants qu'il entretenait.

Un halètement éclata entre ses lèvres et elle poussa sa chatte enragée sur le canapé. La stimulation n'était pas suffisante pour éteindre le feu au plus profond d'elle. Ses yeux tombèrent sur la carte de visite posée face cachée sur la table, et sachant parfaitement comment cela se terminerait, elle la retourna face visible.

Damon Meade.

Le nom lui est apparu. Automatiquement, ses mains se resserrèrent autour de la tasse de café trop chaude qu'elle tenait. Prenant son téléphone portable, elle composa compulsivement son numéro. Son esprit lutta pour se mettre en colère face à ses actions, mais son pouce tapa les chiffres et le téléphone commença à sonner à son oreille.

Raccrocher! Que fais-tu? Raccrocher!

Non!

Son âme, sa chatte, son cul palpitant et presque engourdi en voulaient plus. Quatre sonneries et elle finit par raccrocher. Sa poitrine montait et descendait au rythme de respirations rapides. Sa tête martelait avec une impuissance frustrante. Qu'est-ce que j'ai fait?

Je ne l'appellerai plus. C'était un signe. Il n'avait pas répondu à son appel. Ce chapitre de sa vie était sûrement terminé.

"Oh!" Elle sursauta lorsque le téléphone portable sonna sur la table, vibrant, effilochant ses sens. Elle l'attrapa et son cœur cessa de battre. C'était Damon. Timidement, elle décrocha.

"Katie?" Il a demandé. Comme aucun son ne s'échappait de ses lèvres, elle déglutit. "Katie?" répéta-t-il d'un ton interrogateur.

Son front se plissa. Il semblait tout à fait normal au téléphone. Son magnétisme, son aura de malheur imminent et son autorité étaient très, très loin.

Elle se força à répondre. "Oui c'est moi."

Un soupir – presque une expiration de soulagement – et Katie serra plus fort son téléphone.

« Voudriez-vous venir maintenant ? » » demanda-t-il de la même voix normale. C'était profond et rauque, mais il n'y avait aucun signe d'ouverture sexuelle dans son ton.

"Où?" » demanda-t-elle sans vraiment lutter cette fois. Cela avait soudainement commencé à paraître très, très juste.

"Je suis chez moi."

Elle fit une pause, attendant qu'il en dise davantage. Elle avait l'impression qu'il attendait sa réponse furieuse pour lui dire d'aller au diable. C'est ce qu'aurait fait n'importe quelle femme sensée. Stupide et stupide Katie ! "Puis-je avoir l'adresse?"

Une heure plus tard, elle se trouvait devant son immeuble. Sa gorge était remplie de coton, semblait-il. Tout son découragement de ne plus jamais pouvoir retrouver un emploi était épuisé. Elle était frénétique du besoin de voir ce qu'était Damon Meade.

À la réception du bâtiment, le responsable a vérifié son registre et l'a immédiatement fait avancer. Il poussa une clé à côté de l'ascenseur et Katie réalisa qu'il s'agissait d'une clé privée. Il se dirigea droit vers le haut, effrayant et imparable, et lorsque les portes s'ouvrirent enfin, elle s'arrêta.

Ses yeux s'écarquillèrent et elle les laissa subrepticement passer d'un côté à l'autre. Elle s'ouvrait directement sur un magnifique appartement en attique, éclairé à la lumière du jour. Un côté du salon était entièrement vitré et brillait impeccablement. L'horizon de Chicago était devant ses yeux et, timidement, elle s'avança.

"Salut, Katie." La voix de Damon la fit se retourner.

Son front se plissa puis se détendit tandis qu'il souriait. Elle était vêtue d'une robe lavande pâle qui contrastait magnifiquement avec sa peau olive et ses grands yeux marron. Ses cheveux, qui avaient été ébouriffés et emmêlés lorsqu'il l'avait vue, retombaient sur ses épaules en vagues douces. Il ne s'attendait pas à ce que ses cheveux soient si longs, et ils tombaient dans son dos avec une beauté naïve. Il s'avança et la chatte de Katie résonna de picotements. Elle pinça les lèvres, embarrassée. Si l'homme savait dans quel état elle était en ce moment, elle serait celle qu'il considérerait comme perverse et déviante.

Est-ce vraiment toi?" se moqua-t-il en souriant magnifiquement.

Katie rougit et réprima un sourire. "Ouais, j'ai pris une douche", dit-elle sans détour, les yeux brillants de gaieté.

Il rit et fourra ses mains dans la poche de son pantalon. Même à trois mètres d'elle, il y avait une énergie sexuelle électrique et tangible qui les connectait. Damon observa la beauté devant lui. Il avait le sens de la beauté. Il s'était attendu à un changement chez elle, mais pas à un effet aussi surprenant. Ses yeux touchés de mascara, ses lèvres douces et boudeuses de rouge à lèvres, elle avait l'air exotique et éthérée.

"Voulez-vous boire quelque chose?"

Elle hocha nerveusement la tête. "De l'eau, s'il vous plaît."

Ses yeux pétillèrent et il se dirigea vers les canapés. Elle s'enfonça dans l'un d'eux, croisant ses jambes vêtues de bas. Lorsqu'il lui tendit un verre, ce n'était définitivement pas de l'eau.

"Euh," dit-elle penaud. "Je ne pense pas que je devrais boire."

"Je pense que tu devrais l'être," dit-il simplement, s'asseyant à côté d'elle mais laissant un siège vacant au milieu. Elle se pencha sur le côté et ne put se résoudre à rendre la boisson pétillante dans sa main. Ses paroles étaient teintées d'autorité, d'une férocité contenue qu'elle ne voulait pas explorer. Pas encore.

"Alors comment était ta journée?"

Katie rougit à la question brutale. C'était le matin même où elle l'avait vu dans un café, puis l'avait trouvé devant son appartement, puis l'avait laissé lui botter le cul...

"C'était bon."

"Mhmm." Il la regardait de côté, réfléchissant, calculant presque. "D'accord, Katie. Je vais passer directement aux choses sérieuses. Que pensez-vous de la proposition ?

Katie s'agita sur son siège et rougit d'un rouge vif. Je suis là! Ce que j'en pense n'est-il pas évident ? "Est-ce que tu dois encore demander?"

Il sourit sexuellement et cela plissa ses yeux aux coins. Katie détourna le regard. D'une manière ou d'une autre, son visage était trop beau pour être regardé. "Il est important pour moi de savoir que vous vous engagez dans cette voie."

Ses yeux rencontrèrent les siens, embarrassés. "Ce n'est pas comme si... vous proposiez une relation !"

Son visage se crispa. "Oui, Katie, ça l'est. C'est pourquoi je veux savoir, et j'ai besoin de savoir que tu es impliqué de tout cœur.

"Je ne suis pas sûr de ce que tu veux dire."

Il soupira et se pencha pour la toucher. Elle sursauta avant de réaliser qu'il la pressait seulement de prendre une gorgée de son verre. Elle en avait besoin, supposait-elle – pour ce qui allait arriver – alors elle s'est conformée.

« Vous pensez peut-être que ce que je vous ai demandé est plus décontracté qu'engageant. Mais crois-moi, Katie, une fois que tu auras dit oui, je m'engagerai pleinement envers toi jusqu'au jour où nous arrêterons.

Les lèvres de Katie s'entrouvrirent. Elle ne s'y attendait pas. Quelque chose d'aussi effronté et sans vergogne ne pourrait sûrement pas avoir le titre de relation engagée. Elle jeta un coup d'œil anxieux autour de chez lui, puis vers lui. "Pourquoi m'as-tu demandé? Pourquoi moi?"

Ses yeux flamboyèrent et tombèrent sur ses lèvres, puis remontèrent. L'incursion sensuelle de son regard sur ses traits n'a pas échappé à Katie. "Tu... m'attires, Katie."

Les mots, prononcés avec une honnêteté et une humilité si sincères, lui ont tendu la poitrine. Rien n'a bougé. Ses yeux se posèrent sur son visage, mais les siens restèrent collés à ses lèvres – les lèvres qui avaient formé des mots si alléchants.

Il n'avait pas fini.

« Il y a quelque chose chez toi qui est un peu intriguant, Katie. J'aimerais savoir ce que vous cachez.

"Cache?" Ses yeux étaient exorbités.

"Oui. Tu es entouré par ça... » Il s'arrêta à mi-chemin et tendit la main vers elle, ses jointures effleurant sa joue. Un sourire tordu et attachant entourait son visage. "Dites oui et je vous montrerai ce que je veux."

Katie refait surface quelques secondes plus tard, lorsqu'il ferme une porte derrière elle. Devant elle se trouvait un grand lit recouvert d'un couvre-lit blanc et la ligne d'horizon de Chicago au-delà du mur de verre. Ses doigts attrapèrent doucement la fermeture éclair dans son dos, la tirant jusqu'à sa taille. Ses lèvres entrouvertes, ses yeux fermés.

Elle avait acquiescé. Elle avait dit oui. Alors que sa robe tombait de son corps, elle oublia tout sauf l'homme derrière elle. C'était un sommet. Tout était rapide et pourtant elle l'enregistrait lentement, dans un état second. Elle n'ouvrit pas les yeux et il attrapa sa taille nue, faisant glisser ses mains de haut en bas, jusqu'à ce que ses doigts s'écartent sur ses seins vêtus d'un soutien-gorge. Il le tira vers le bas et elle gémit, un frisson de joie parcourant sa colonne vertébrale. Ses yeux s'ouvrirent dans un état de stupeur, et le seul son qu'elle entendit était celui de sa propre respiration.

Son souffle était chaud à son oreille, mais elle ne l'entendait pas. Ses mains couvraient ses seins, les brûlaient, les brûlaient. Son dos se cambra et elle poussa ses seins dans ses paumes. Ses dents lui effleurèrent l'oreille et elle entendit son propre cri doux avant qu'il ne la pousse sur le lit.

Son visage était appuyé contre le matelas et elle leva la tête. Sa main appuya sur le côté de son visage et ses genoux reposèrent sur la moquette moelleuse. Ses mains, rugueuses mais douces, glissèrent le long de ses épaules, sur son dos, jusqu'à ses fesses.

"Je pourrais toucher ça toute la journée", dit-il avec nostalgie à propos de son cul. Katie gémit et le poussa, le lui offrant de tout son cœur. Damon recula, savourant la vue.

Les lèvres de sa chatte, roses et douces, jetaient un regard taquin sous les joues. Son ouverture faisait signe à ses reins affamés et affamés, mais il voulait bien plus que la chaleur de son intérieur. Il voulait de l'ardeur, de la passion, et surtout il voulait entendre le cri de la timide beauté. Il serra les dents et leva la main, l'abaissant pour lui donner une fessée sur le monticule rond de son cul.

« Aah ! » Le cri de Katie résonna dans l'espace, se répercutant sur les murs. L'horizon de Chicago, lumineux et vivant, semblait lointain... et pourtant il était témoin de l'assaut succulent. Ses fesses lui brûlaient mais elle enfonça son visage dans le matelas, étouffant ses cris. Ses doigts se resserrèrent dans les draps, et un autre son pénétra ses sens embrouillés et consumés.

Son grognement.

« Euh ! » Katie a crié de plaisir en sachant qu'il était aussi excité qu'elle. Ses fesses se soulevèrent au même moment où sa main atterrit avec fracas, et un autre grognement s'échappa de sa poitrine. « Aah ! » elle gémit dans le lit et ses mains frottèrent adroitement le point sensible. Elle sentit une brise fraîche caresser la peau brûlée.

Damon souffla doucement sur l'endroit rouge et palpitant. Ses yeux s'enflammèrent à cette vue érotique et son souffle devint rauque. Il était plus affecté par elle qu'il ne l'avait jamais été par quiconque. Il la frappa à nouveau, la poussant à crier davantage. Quand elle le fit, il passa sa langue sur les joues marquées.

"Oh!" La tête de Katie s'est finalement soulevée du lit. Ses lèvres s'ouvrirent d'agonie et son visage se tordit à cause de sensations époustouflantes. Il lécha son cul douloureux, effleurant la chair avec ses dents, mordant à pleines bouchées et le suçant comme si sa peau sécrétait une liqueur sucrée pour laquelle il vivait.

C'était un émerveillement incroyable et complètement irrationnel et angoissant. Son doigt glissa le long de sa fente, taquinant les douces lèvres de sa chatte. Il était agenouillé derrière ses fesses, lui mordant la chair, tandis que ses doigts exploraient sa fente.

"Tu es mouillé", dit-il, touchant à peine son clitoris, le caressant légèrement, jouant avec les jus abondants.

Katie sanglota et ses yeux s'ouvrirent lorsqu'elle réalisa que le cri fiévreux était le sien. Le ciel lumineux de l'après-midi était parsemé de quelques oiseaux. L'image s'estompa et s'éclaircit, puis disparut alors que ses yeux se fermèrent dans l'oubli.

Soudain, la lente montée sensuelle de son désir prit fin. Cela devint dur, féroce, et une de ses grandes mains glissa vers son devant, glissant ses doigts dans la touffe de poils pubiens soignés.

"Fu-" gémit-elle et ses doigts appuyèrent, glissant sur son clitoris avec suffisamment de force pour être presque douloureux. Elle glapit et son autre main glissa autour de son cou, la serrant vicieusement.

Katie haleta, ses sens revenant avec une secousse. Elle lui attrapa la main et il grogna à son oreille, son doigt glissant dans sa chatte, réclamant son passage humide.

"N'ose pas!" » grogna-t-il et ses mains tombèrent. Elle haletait et il relâcha son cou, la faisant haleter de gratitude. La peur n'avait duré qu'un instant, mais elle lui faisait désormais confiance. Elle savait qu'il ne lui ferait pas de mal ; tout cela faisait partie du jeu. Son jeu. Le jeu auquel il voulait jouer avec elle.

Elle était partante.

Elle a complètement abandonné, sans rien retenir. Il reconnut sa reddition et elle entendit un rire rauque. Il lui attrapa fermement le cou, lui coupant l'approvisionnement en sang et en air précieux. Alors qu'il écrasait les lèvres de sa chatte entre ses doigts, elle s'approcha d'un orgasme qui menaçait de la dévorer dans sa fureur brute.

"Oui!" elle a gémi et tout s'est arrêté. Elle tomba en avant sur le lit, regrettant le grand cri. S'il ne la laissait pas jouir, elle mourrait sûrement d'un désir non assouvi. "Oh!" Elle pencha la tête en arrière, se demandant où étaient passés les merveilleuses mains et le grand corps masculin. Est-ce qu'il s'est arrêté ? Ne me donnera-t-il pas ce que je veux ?

Elle se souvint alors de la façon dont il la laissait jouir. Elle devrait s'agenouiller et mendier. Sa gorge s'assécha alors qu'il la regardait à quatre pieds de distance. Il défit adroitement la ceinture et la mouche, et ôta sa chemise. Son pantalon est resté défait, sa braguette s'est séparée et le renflement est toujours coincé à l'intérieur. C'était irréel et majestueux. Elle avait hâte de le prendre entre ses lèvres, de le goûter et d'inhaler son parfum – son parfum. Mais il se contentait de la regarder, sans bouger.

Son visage avait changé. Ses yeux étaient d'une nuance sombre de bleu cobalt, complètement différente de la couleur dont elle se souvenait. Katie a rassemblé son énergie. Elle voulait mendier. Elle voulait se mettre à genoux devant son ressenti pour lui donner ce dont elle avait tant désiré. Elle voulait laisser la tornade se libérer en elle. Son orgasme – frémissant et haletant – l'attendait, et tout ce dont elle avait besoin était sa permission.

Elle entrouvrit les lèvres pour commencer, mais rougit à la place. Je ne peux pas le faire !

Damon voyait la lutte dans ses yeux expressifs, comme si elle était écrite en lettres grasses. Tout passait sur son visage, son indécision, sa confusion et son vif embarras. Il était impressionné. Il était fasciné. Il déglutit tandis que la belle nue était assise sur le tapis, son bras posé sur le matelas. Ses yeux sombres et excités firent exploser sa poitrine.

Il secoua la tête. "Tu sais comment ça se passe, Katie!" » grogna-t-il, faisant entrouvrir et fermer ses lèvres dans l'indécision. "S'agenouiller!" Son rugissement la fit trembler et elle détourna le regard. Ses yeux ne pouvaient plus croiser les siens.

Son dominant intérieur bouillonnait de fureur. Elle s'y était engagée. Elle avait accepté. Non! Elle ne respectait pas les règles. Il n'allait pas accepter ça. Il serra les dents et baissa son pantalon, lui faisant lever à nouveau les yeux vers les siens. Elle haleta lorsque sa grosse bite épaisse sortit des limites et elle tendit la main. Alors qu'elle était sur le point de s'agenouiller instinctivement, elle se tendit. Quelque chose en elle vient de se briser. Je ne peux pas faire ça ! Mon Dieu, je le veux ! Mais non, je ne peux pas... ce n'est tout simplement pas moi ! Elle mourrait sûrement de honte plus tard si elle acceptait cela.

Mais à ce moment-là, Damon, sa queue, sa virilité brute dégainée, lui faisait serrer et desserrer sa chatte de désir. Elle ne pouvait pas attendre.

Damon lui donna quelques secondes pour décider, ce qu'il n'avait jamais accordé à aucun de ses sous-marins précédents. Cette exception était suffisante. "Mettez-vous à quatre pattes!" Son ton ne laissait aucune négociation possible. Katie tomba adroitement en avant et ses seins se balançèrent. Il s'est approché derrière elle et lui a serré les fesses fermement.

D'autres fessées étaient en route. Katie le savait. Elle voulait la chaleur, la piqûre. C'est allé directement à sa chatte. Comme il n'allait pas la laisser jouir avec ses doigts ou sa bite, elle dut se contenter des fessées. Cela allait arriver. Il le faut ! Juste quelques fessées et elle savait qu'elle allait éclater. Elle était si proche de l'absolution satisfaite.

Palet!

Le coup lui a entaillé la fesse et une fraction de seconde plus tard, il a brûlé. Elle a crié et a rampé en avant, s'éloignant, s'asseyant et essayant désespérément de faire cesser la douleur atroce. Ses hanches nues frottaient sur le tapis et il la regardait avec un sourire content et excité sur le visage. Elle titubait encore et encore et les piqûres continuaient à arriver par vagues, encore et encore, tandis qu'il l'observait comme une œuvre d'art exposée.

Sa queue se contracta alors qu'elle pinçait les lèvres, des larmes coulant sur son visage. La ceinture. Sa ceinture lui avait presque tranché le cul à l'endroit où elle avait atterri. Ce n'était que douleur. Toute son excitation, tout a disparu dans les airs. Elle vacilla de nouveau, les yeux brûlants, et s'éloigna de lui en rampant, se sentant pathétique et battue.

Les yeux de Damon se plissèrent alors qu'elle continuait à ramper jusqu'à ce qu'elle atteigne la porte de la chambre. Il s'avança et les yeux de Katie s'écarquillèrent. "Non non! Arrêt! Reste loin de moi!" » cria-t-elle et il s'arrêta, les mains en l'air. Ses lèvres s'entrouvrirent. Il était vraiment choqué mais Katie s'en fichait. Elle s'en fichait parce que la morsure, le coup de feu sur ses fesses consumaient ses membres, ses sens. Son corps tout entier était tendu par la douleur.

Elle le regardait, haletante, les larmes coulant sur ses joues. Il resta stupéfait, regardant à nouveau le beau visage expressif. Cette fois, ses superbes yeux sombres n'étaient pas vivants de désir – ils étaient fous de terreur. Elle avait peur de lui.

La bile monta dans sa gorge comme de la lave et il se détourna, attrapant son pantalon et disparaissant dans la salle de bain attenante. À ce moment-là, Damon ne savait pas s'il se détestait plus qu'il ne méprisait Katie.

Katie se leva instantanément, attrapant ses vêtements et les enfilant précipitamment. Elle se mordit la lèvre pour ne pas sangloter. Qu'est-il? Quel genre de monstre dépravé est-il ? Elle n'était pas faite pour ça. Ce n'était pas ce qu'elle voulait. La ceinture! Elle ne s'y attendait pas ! Non non Non! Cria-t-elle dans sa tête, ouvrant adroitement la porte de la chambre.

La porte de la salle de bain s'ouvrit au moment où elle partait mais elle n'osa pas regarder en arrière. Elle monta rapidement dans l'ascenseur, appuyant férocement sur les boutons comme si sa vie en dépendait. Il était hors de question qu'elle revienne un jour dans cet enfer que Damon appelait chez lui. Les portes de l'ascenseur ne bougeaient pas, et son cœur se cogna dans ses côtes lorsque Damon apparut juste devant elle, la regardant sans expression.

Elle haleta, le regardant dans les yeux, terrifiée par ce qu'il allait lui faire. Il tendit la main et appuya sur un bouton de son ascenseur privé. Les portes se fermèrent et sa dernière vue fut celle des yeux tentants de Damon teintés de remords. Ce n'était pas à sa place et c'était complètement une mauvaise expression pour lui. Sa poitrine se nouait douloureusement d'incrédulité devant le désir nu dans ses yeux. Il n'avait pas réussi à le cacher. Elle avait saisi l'expression dans un moment de faiblesse.

Elle ferma les yeux, serrant plus fort son manteau autour de sa forme frissonnante. Son cul lui piquait. Mais alors même qu'elle était submergée de soulagement, descendant au rez-de-chaussée, loin de l'homme qui avait été un maniaque choquant au lit, son cœur se serrait. Jusqu'au moment où la ceinture de cuir lui tombait sur les fesses, il lui avait montré le paradis.

Stupide et stupide, Katie !

Son impulsivité aurait pu lui faire perdre sa personne pour toujours.

Échos de la passion tome 2

Katie ouvrit la porte d'entrée et un grand bouquet de roses rouges la regarda.

« Livraison pour Katie Stevens ?

"Oui. Merci." Katie tenait le bouquet à un pied de son corps. Elle n'avait jamais été fan de fleurs, mais elle était fan de ce sentiment. Une carte verte apparaissait à travers les pétales rouges, mais elle ne parvenait pas à trouver le courage de la vérifier.

Cela faisait trois jours qu'elle n'avait pas quitté précipitamment l'appartement de Damon, et trois jours qu'elle ne l'avait pas regretté. La douleur dans ses fesses ceinturées s'était atténuée, mais les souvenirs étaient restés vivants. Ils se sont répétés toute la journée, et sa chatte a réagi si fort que Katie s'est étonnée de sa bêtise qui l'a fait partir.

Le téléphone sonna et elle sursauta. "Bonjour?"

« Salut, Katie. Ça va?"

« Rien », marmonna-t-elle, les yeux rivés sur la carte verte, qui contiendrait le nom de l'expéditeur.

« Voulez-vous faire du shopping le soir ? »

Katie détourna à contrecœur les yeux des fleurs. "Non, Brianna. Je ne pense pas que je sois partant aujourd'hui. Peut être demain?"

"Avez-vous rappelé le monstre?"

Katie sourit au surnom que Brianna avait pour Damon. « Non, je ne pourrais pas le faire. Tu sais à quel point je suis gêné. Il va probablement me raccrocher au nez de toute façon.

« Vous venez de quitter sa maison sans lui dire. Ce n'est pas un péché capital, pour l'amour de Dieu !

Katie se mordit la lèvre. Elle avait épargné à la pauvre Brianna les détails sanglants. Elle aurait frémi à la mention de la façon dont sa main lui avait marqué les fesses de rouge et l'avait fait crier...

Elle secoua la tête pour clarifier les choses. «Je ne pense pas que ce soit une bonne idée. Je te rappellerai dans un moment, d'accord ? Alors que Brianna criait de l'autre côté, Katie raccrocha.

Serrant la mâchoire, elle fondit sur le gigantesque bouquet tel un ange vengeur et en arracha la carte.

Damon.

Merde!

Il m'a envoyé des fleurs ? Pourquoi?

Katie s'assit et observa l'écriture. La première fois qu'elle avait vu son écriture précise et érudite, c'était lorsqu'il l'avait fait flipper en lui envoyant son adresse dans une note. Il ne savait pas vraiment comment s'y prendre... faire la cour aux femmes, comme diraient certains. Elle ne pouvait retenir un sourire, et les mots de Brianna résonnaient dans son esprit. Vous venez de quitter sa maison sans lui dire.

Elle allait juste prétendre que son mensonge était vrai. S'il lui avait envoyé des fleurs, cela signifiait sûrement... qu'il voulait donner une autre chance à leur arrangement. Malgré tous ses efforts, un titre de relation engagée pour cette chose semblait inapproprié.

Deux heures plus tard, elle jeta un coup d'œil à sa montre alors que l'ascenseur la transportait jusqu'à l'appartement penthouse. Ses genoux tremblaient et ses bottes à talons hauts avaient du mal à supporter sa forme tremblante. Dans ses mains, elle tenait un lot de cupcakes fraîchement sortis du four. Maintenant qu'elle pensait à Damon, tout viril et masculin, elle se sentait incroyablement stupide. En toute hâte, elle regarda autour d'elle, se demandant où jeter les cupcakes incriminés. Les portes s'ouvrirent avant qu'elle puisse trouver quoi que ce soit et Damon se tenait à un mètre de là, les mains dans les poches de son pantalon.

«Je t'attendais», dit-il brusquement, lui tournant le dos et s'éloignant à grands pas. Katie réalisa que cela n'allait pas être une conversation agréable. Il allait lui poser des questions et elle devrait y répondre. Elle n'avait plus d'excuses.

Levant la tête avec colère, elle s'avança à grands pas, la boîte à cupcakes dans ses mains. Alors qu'il s'asseyait et lui faisait face, ses yeux tombèrent dessus. "Qu'est-ce que c'est?" il grimaça comme si elle tenait un serpent enroulé prêt à le mordre.

Katie essaya de dire « cupcakes », mais rougit à la place. Bon sang, qu'est-ce qui m'avait pris de lui préparer des cupcakes ? Il est comme une... panthère. J'aurais dû lui apporter un buffle entier à manger. Cela aurait été approprié, pensa-t-elle avec un petit rire. Son expression joyeuse fit froncer encore plus ses sourcils.

"Qu'est-ce que tu tiens?" il était ennuyé maintenant.

"Ce sont des cupcakes!" » annonça-t-elle avec plus de ferveur que la déclaration ne l'exigeait.

Damon la regardait, sidéré. Avec ses longs cheveux bruns attachés en queue de cheval, elle ressemblait à une lycéenne. Ses leggings noirs, son pull à col roulé bleu vif et ses bottes lui donnaient une apparence à la fois élégante et tendance.

Mais des cupcakes ? Sa colère, ses projets d'une conversation sérieuse en face-à-face sur ce qu'elle avait pensé en s'enfuyant de chez lui, s'évaporèrent. Il rit, la tête tombée en arrière. Quand son visage se tendit sous le signe de la colère,

il rit encore.

"Qu'est-ce qu'il y a de si drôle avec les cupcakes ?" Ses joues brûlaient d'embarras.

"Pourquoi... non !" » s'étrangla-t-il, luttant contre son hilarité. "C'est juste que... jamais un sous-marin ne m'a jamais acheté de cupcakes."

Katie se mordit la lèvre, un sourire en réponse menaçant d'apparaître sur son visage. «Je ne les ai pas achetés. Je les ai cuits !

Sa mâchoire tomba et un autre rire s'échappa de sa bouche. Il se leva et se plaça devant elle en un instant. « Veuillez excuser mon impolitesse. Merci." Il lui prit la boîte des mains avec la formalité la plus exagérée. "Voudrais-tu du thé avec ça?"

Il plaisantait, se moquait d'elle, et Katie était une bonne joueuse avec ce genre d'humour. Elle savait que ça avait été idiot d'apporter des gâteaux glacés à la crème au beurre pour quelqu'un comme lui ; c'était une situation très hilarante. Ce qui la choquait le plus, c'était qu'il trouvait cela hystérique également.

"Je vais bien, merci," dit Katie en souriant. "Voulez-vous parler?" Sachant qu'il était capable de bien plus que ce dont elle se souvenait, elle se sentait beaucoup plus à l'aise.

Il tomba sur le canapé. "Eh bien, c'était très amusant. Maintenant, revenons aux choses sérieuses. » Lorsqu'elle acquiesça, son expression s'adoucit, tous les signes de convivialité disparurent. « Voudriez-vous expliquer ce qui s'est passé l'autre soir ?

Katie frissonna en se souvenant de l'expression nue de fureur et de dégoût sur son visage. Puis des remords. Ces souvenirs la faisaient lever les yeux chaleureusement, essayant de pénétrer ses orbes et de voir son âme.

« J'ai été dépassé. »

Il attendit, comme s'il s'attendait à ce qu'elle en dise davantage, mais lorsqu'elle resta silencieuse, il prit une profonde inspiration. "Le problème, c'est que Katie... je sais que ce n'est peut-être pas quelque chose qui t'intéressera..."

"Non non! Je suis!" Katie a presque crié, puis a couvert ses lèvres en réalisant que son volume avait probablement été trop fort. Elle était sûre qu'il allait la jeter sur le cul. Le même cul qu'il avait tant aimé donner une fessée et faire mal. Maintenant, elle savait où cela la menait. Il l'avait appelée pour s'excuser à sa manière et lui dire que l'accord était rompu.

Damon la regarda bouche bée, observant le désespoir dans ses yeux. Elle était devenue folle de douleur et elle avait couru comme s'il était un monstre dément. Maintenant, elle suppliait de rester. "Je ne comprends pas, Katie."

Katie expira brusquement, rougissant alors qu'elle rassemblait ses esprits pour parler. « Je sais que j'étais un stupide, complètement faux... soumis. Mais je ne veux pas... » Elle fit une pause et il haussa les sourcils avec incrédulité. Finalement, parvint-elle à laisser échapper. « Je ne veux pas m'arrêter. Je veux réessayer.

Damon savait qu'il devait s'expliquer. Malgré ce qu'elle pourrait penser, il ne lui avait pas envoyé de fleurs pour lui dire que l'affaire était rompue. Il l'avait appelée pour trouver un compromis, car malgré tous ses efforts, il n'avait pas réussi à la faire sortir de son esprit. Ses reins palpitaient pour elle, et il s'était suicidé en sachant qu'il lui avait refusé un orgasme et, en retour, s'était refusé le sien.

Il la voulait avec une frénésie folle et désespérée. Il l'avait appelée pour lui dire qu'il voulait recommencer, sans le côté soumis. Sa poitrine se serra et la chaleur descendit jusqu'à son nombril alors qu'il se rappelait à quoi ressemblaient ses fesses – comment elle avait répondu à ses caresses. Elle était fougueuse et complètement innocente, et une vanille pour son monde. Malgré le fait qu'il ait été prêt à faire des compromis, il avait toujours envie de ce qu'il avait toujours voulu. Il était un dominant et il recherchait sa soumission de tout son cœur.

"D'accord," dit-il, presque confus par son comportement, et elle se mordit la lèvre pour réprimer son sourire.

"D'accord, alors."

"D'accord."

Ils se regardèrent dans un silence gêné et Katie se tortilla sur son siège. Elle savait que d'une seconde à l'autre, il se jetterait sur elle, lui enlèverait ses vêtements et commencerait à la gifler comme s'il n'y avait pas de lendemain. Sa forte inspiration le fit sortir de ses pensées, car il se leva et se dirigea vers la cuisine ouverte.

Katie était assise là, avec une réserve inconfortable, se demandant ce qui allait se passer. Elle s'était rasé les jambes et portait son meilleur parfum ainsi qu'un soutien-gorge et une culotte sexy. Tout ce dont elle avait besoin maintenant, c'était de recevoir un ordre, afin qu'elle puisse s'allonger devant lui pendant qu'il prenait les commandes.

« Voudriez-vous du sucre dans votre thé ?

Katie le regarda bouche bée alors qu'il l'attendait. Dans sa main, il tenait un sachet de thé. « Je euh… » Il va faire du thé ? "Non. Pas de sucre, merci.

Il hocha la tête et repartit, revenant avec deux tasses de thé qu'il posa sur des sous-verres. À sa grande surprise, il ramassa la boîte de cupcakes qu'elle avait préparés et l'ouvrit. « D'accord, alors. Essayons ça. Ils sentent bon," dit-il poliment et Katie éclata de rire. Les changements d'une fraction de seconde dans sa personnalité étaient attachants. Il est devenu enfantin et complètement joueur une seconde tandis que l'autre seconde n'avait aucune garantie de cordialité. Il pouvait la faire trembler comme une feuille ou rire comme une petite fille étourdie.

"Arrête de te moquer de moi!" Katie a pleuré. « Je suis au chômage, donc j'ai beaucoup de temps libre. Mais j'accepte, préparer des cupcakes pour toi était un peu idiot.

Il pencha la tête, son visage dénué de toute expression et ses yeux brillants de… adoration ?

"J'aime les cupcakes."

Kate regarda son profil alors qu'il détournait le regard et en extrayait un au chocolat noir de la boîte. "Tu fais?"

"Ouais." Il enleva la doublure et prit une grosse bouchée, mangeant la moitié du cupcake. « Mhmm. C'est bon!" Alors qu'elle était encore sous le choc de la vue incroyable de le voir si… normal… il déglutit. "Quoi? Un dominant ne peut-il pas déguster des cupcakes de temps en temps ? »

"C'est juste… je ne t'imaginais pas… comme ça…"

Il lui tendit un cupcake et elle ôta timidement le papier, regrettant sa décision de ne pas l'appeler plus tôt, regrettant d'avoir manqué cet homme doux et adorable. Ce qu'il faisait derrière les portes closes de sa chambre, en privé, ne faisait pas de lui une mauvaise personne. Elle avait apprécié ça, et bon sang, c'était une bonne personne. Elle était gentille et gentille, elle ne faisait rien d'illégal et elle aimait aussi les cupcakes. Son regard se réchauffa alors qu'il mangeait un autre cupcake.

« Qu'est-ce que tu m'imaginais faire ? Manger de la viande de bébés ?

Elle rit. "Non. Pas les bébés.

Ils rirent et il aspira le bout de son doigt pour enlever le glaçage, puis tendit la main pour lui frotter le visage. Ses doigts glissèrent sous son oreille et son pouce caressa doucement son menton. Brusquement, comme s'il s'était rendu compte tardivement de quelque chose, il retira brusquement sa main.

Elle rougit. Cela faisait du bien. Soudain, le mot « relation engagée » ne sonnait plus si mal.

"Es-tu ici parce que tu veux un travail, Katie?" Il la regarda droit dans les yeux, sa voix froide et dure.

"Quoi?"

« Es-tu ici... parce que... tu as besoin de moi pour te trouver un emploi dans mon entreprise ? »

"Quoi? Non non! Pourquoi... » Il la jugeait, la regardant fixement dans les yeux, tout son visage.

Ce qu'il a découvert a été un choc total, mais peut-être était-ce uniquement parce qu'il avait été si direct à ce sujet. "Je veux juste m'assurer que vous n'êtes pas là et prêt à traverser toute cette épreuve dégoûtante juste pour pouvoir m'arracher un emploi."

"Comment oses-tu!" Elle bouillonnait et se releva, replaçant le cupcake dans la boîte.

"Asseyez-vous!" » grogna-t-il et elle recula de la fureur nue dans ses mots.

«Je pensais que tu étais réel. Je pensais que tu voulais que ça marche, mais tu sembles avoir une aversion pour les femmes. Si j'avais besoin d'un travail, je n'irais pas coucher avec toi pour en trouver un.

"Ce n'est pas ce que je voulais dire." Il se leva et son visage était à un pied au-dessus du sien, la regardant comme un destin imminent.

« Je me fiche de ce que tu voulais dire. Si tu penses que je pourrais m'abaisser si bas, tu es juste... »

«D'accord, je comprends. Vous ne voulez pas de travail. Tu veux juste t'envoyer en l'air. Asseyez-vous maintenant.

Elle rougit d'un rouge betterave. Elle n'avait jamais eu aussi honte de sa vie. Impuissante, elle pinça les lèvres.

« Ah, allez ! Je me moque de toi, Katie. Asseyez-vous." Quand elle resta immobile, il la regarda. « Je le dis gentiment, Katie. La prochaine fois ne serait pas aussi gentille et douce. Maintenant, asseyez-vous !

Katie tomba sur le canapé. Elle ne saurait jamais s'il était sérieux ou s'il plaisantait à ce stade. "Tu pensais ce que tu as dit à propos de moi voulant te trouver un emploi." C'était une déclaration, pas une question, et Damon savait qu'elle essayait juste de s'assurer qu'il ne pensait pas qu'elle était stupide.

"Oui je l'ai fait. Disons simplement que je ne suis pas vraiment douée pour faire confiance aux filles qui s'épuisent et reviennent avec des cupcakes. J'ai tendance à me méfier de changements d'avis aussi ridicules. Son visage était dur et il but une gorgée de thé.

Katie rougit. Il avait raison. N'importe qui dans sa position l'aurait supposé. Ce n'était pas seulement lui.

"Alors, je peux te trouver un travail ?"

"Non, merci."

"Non, je suis sérieux. Je pourrais. Nous n'avons pas de poste vacant mais je pourrais en organiser un pour vous.

Elle rit. «Je ne vais pas travailler pour toi Damon. Je ne peux pas."

Sa mâchoire se serra et il regarda ses lèvres, transpercé. Le son de son nom sur ses lèvres avait été si... excitant. Il se sentait chaud et excité et ne voulait rien de plus que de l'entendre prononcer son nom encore et encore. Peut-être même le crier plusieurs fois. Il n'a jamais permis à ses soumis de prendre son nom pendant les rapports sexuels. Ils étaient soumis, ils devaient avoir un certain niveau de... réserve entre eux.

Il l'imaginait criant son nom pendant qu'il la frappait avec une pagaie. Sa gorge est devenue sèche. Oui. C'est un bon fantasme. Peut-être pourrait-on lui permettre de prendre mon nom.

Katie remarqua l'éclair de désir dans ses yeux. Ce fut momentané mais la chimie, le courant électrique circulait de son corps vers le sien. Il la voulait; elle le savait aussi sûrement qu'elle savait qu'elle n'allait pas partir sans coucher avec lui au préalable. Dormir. Avec Damon. C'était vraiment un mauvais mot. Faire l'amour. Sexe. Tout est inapproprié. Il a baisé. Elle rougit au rappel brûlant et se tortilla.

«J'ai...» il s'éclaircit la gorge. "J'ai demandé à ma secrétaire d'élaborer une proposition commerciale pour vous."

Pourquoi parle-t-il du sien maintenant ? Elle se tourna à nouveau et son regard se tourna doucement vers le sien. «Crois-moi, Katie, je suis pressée aussi. Mais j'ai besoin que tu saches que j'essaie de te trouver du travail.

Katie était choquée. Vous êtes pressé aussi ? Comment savait-il toujours quand j'étais excitée ? Peut-être parce que tu es toujours excitée, ma conscience s'est moquée et j'ai souri en tremblant. « Ne vous inquiétez pas pour mon travail. J'ai postulé à plusieurs endroits.

Il inspira brusquement et soupira comme s'il souffrait incroyablement. "Pouvons-nous en parler plus tard?"

Elle hocha la tête et il se leva, lui tendant la main. Avec précaution, elle plaça ses doigts dans sa paume. Dès qu'elle se releva, il glissa son bras autour de sa taille de manière possessive et la guida vers l'avant. Contrairement à la dernière fois où elle avait fait surface seulement lorsqu'il lui avait enlevé ses vêtements, elle ressentait tout. Chaque seconde était vibrante de vie et alors que la porte de la chambre se fermait derrière elle, elle enroula ses bras autour d'elle.

Elle s'était allongée à moitié sur son lit et il l'avait frappée. Elle ferma les yeux tandis que sa chatte se resserrait en réponse. Puis elle le vit sourire avec une satisfaction excitée. Après qu'elle l'ait crié et dégradé en s'échappant de chez lui, il avait toujours voulu qu'elle revienne. Ses genoux tremblaient de colère contre elle-même. Les larmes lui montèrent aux yeux et elle se retourna, se cognant presque contre sa poitrine.

Les yeux écarquillés et brillants de larmes, elle le regarda. Damon resta immobile, choqué, craignant de la toucher de peur qu'elle ne recommence à brailler. "Êtes-vous d'accord?" » murmura-t-il doucement, et comme si sa main avait son propre esprit, elle s'avança pour effleurer ses joues.

"Je suis vraiment désolée," dit Katie d'une voix rauque et une larme coula sur sa joue.

"Quoi? Pourquoi?"

«Je suis désolé d'avoir fait ce que j'ai fait. Je suis désolé de t'avoir crié dessus. J'ai juste eu peur.

Damon la regarda bouche bée, son jeune et beau visage tordu par le remords alors qu'elle tentait d'apaiser sa culpabilité de ressentir une douleur insupportable entre ses mains. "Ne sois pas désolé."

Ses mains reposèrent sur le devant de sa veste de costume, et instinctivement il grimaça, resserrant ses muscles, s'éloignant d'elle. Elle se tendit et il s'immobilisa, laissant ses mains rester. Alors qu'il la regardait dans les yeux, la froideur, la glace autour de sa poitrine fondit, jusqu'à ce que la chaleur d'elle pénètre son cœur. Il se pencha, pressant ses lèvres contre la seule larme qui brillait sur sa joue impeccable. Elle haleta et ses doigts se resserrèrent sur sa veste de costume, froissant les revers.

Ses lèvres, humides et moites, glissèrent sur sa joue, goûtant ses larmes et leur goût salé. Katie haleta et ses yeux se fermèrent alors que sa bouche s'attardait sur le côté de ses lèvres, avant de placer un chaste bisou sur ses lèvres.

Son souffle inspiré lui fit ouvrir les lèvres et le contrôle de Damon se brisa. Il inclina violemment la bouche ; l'embrassant avec une faim crue et païenne qui le troubla et rendit son corps souple contre le sien. Elle se rapprocha et il traça l'ouverture de sa bouche avec sa langue, se glissant à l'intérieur, goûtant la douceur de ses lèvres.

Lorsque sa langue s'approcha timidement de la sienne, il grogna et se mordit la lèvre avec une férocité qui lui était venue plus naturellement depuis aussi longtemps qu'il se souvenait. Le dominant en lui consumait son âme et il lui mordit les lèvres, plongeant et retirant sa langue dans les doux confins de sa bouche.

Katie refit surface et ouvrit les yeux tandis que sa bouche libérait la sienne une éternité plus tard. Ils étaient tous les deux essoufflés, haletants, et il la regardait avec une expression proche du choc.

"Qu'est ce que tu es entrain de me faire?" » dit-il, brisé par l'effet que cette gentille fille avait sur lui. Il ne l'avait rencontrée que trois jours auparavant, juste après avoir laissé partir une autre soumise. Elle aurait dû prendre sa place, mais Katie était en train de se forger une nouvelle position, un rôle différent qu'il n'avait jamais apprécié ni encouragé.

Katie attendit qu'il l'embrasse à nouveau mais il la regarda simplement. Pensant qu'elle avait peut-être franchi certaines limites, elle tenta de trouver une explication mais aucun mot ne se forma dans son cerveau.

"Dès que je suis partie, je voulais juste revenir, Damon," murmura-t-elle en tremblant et il gémit, saisissant ses bras et la repoussant. Elle haleta lorsqu'il retirait son pull de son corps, puis le t-shirt noir à manches longues qu'elle portait en dessous.

La dentelle rose pâle le regardait et il lorgnait ses seins. Cela correspondait tellement à sa personnalité. La couleur contrastait magnifiquement avec sa peau d'albâtre et il glissa ses doigts dans les bonnets, les poussant vers le bas.

Ses seins jaillissaient, pleins et ronds, les pics roses se durcissaient en petits bourgeons. "Agenouillez-vous", murmura-t-il et elle tomba à genoux à ses pieds, tremblante, ses épaules frissonnantes. Son visage était au niveau de sa queue et une fois de plus, elle avait envie de goûter à lui. Elle envisagea de demander, mais même dans son état vigoureux, elle savait qu'elle n'était qu'une soumise, rien de plus. Elle n'était là que pour prendre les commandes.

"Qu'est-ce que tu veux, Katie?"

Elle leva les yeux, ses lèvres roses entrouvertes et gonflées par son précédent baiser ravageur. "Moi?"

"Oui toi. Que veux-tu? Nommez-le et il est à vous.

Katie n'a pas attendu un instant. "Puis-je te toucher, s'il te plaît?" » demanda-t-elle et la douceur, la lutte de ses mots, son rampement étaient dans ses yeux.

Combattre sa réponse innée consistant simplement à la jeter sur le sol et à monter l'arrière de ses cuisses – lui donner une claque jusqu'à ce qu'il palpite et palpite sous son regard – fut piétiné. Il hocha la tête et grinça des dents tandis qu'elle attrapait son pantalon.

Les doigts tremblants, elle défit sa ceinture puis sa braguette tandis qu'il se tenait au-dessus d'elle comme un seigneur accordant ses faveurs à ses paysans. Il ne l'a pas arrêtée ; il n'a pas eu le cœur de l'arrêter. Elle était tellement unique.

Dès qu'elle a libéré sa queue, Damon a été transporté dans un endroit dont il ignorait l'existence. Elle caressa la hampe avec ses petites mains. Ils étaient légèrement froids au toucher mais sa queue était suffisamment chauffée pour les réchauffer rapidement. Elle pressa ses lèvres contre la tête et une goutte de liquide pré-éjaculatoire collant rencontra ses lèvres.

« Euh ! » Son doux cri lui fit fermer les yeux. Elle a pris sa bite dans sa bouche d'un pouce, puis d'un autre et encore jusqu'à ce que la tête de sa hampe touche le fond de sa gorge.

"Putain!" » gémit-il, la repoussant et lui attrapant le bras pour la jeter face contre terre sur le lit.

Il lui ôta ses bottes puis son pantalon. Le string rose était coincé entre ses joues et il se pencha, glissant sa langue sur le tissu. Katie haletait et poussa son visage sur le lit, sa chatte s'ouvrant de faim. Son doigt fouilla dans sa fente, extrayant le lacet et l'enroulant autour d'une joue. Elle cria alors que sa paume se posait sur son derrière avec un bruit de claquement audible. La douleur a tracé un chemin directement vers sa chatte, la faisant palpiter pleine de vie. Elle sursauta et il la frappa encore et encore, sur les deux joues, en alternance et en continu.

"Oh!"

Sa queue, dure et puissante, s'enfonça dans son corps, séparant les lèvres, apaisant leur faim.

La chaleur, la sensation étaient trop fortes et son corps naïf éclata dans un éclat de pur bonheur. Elle frissonna alors qu'il lui serrait la taille et la frappait encore et encore. Ses couilles frappaient contre elle, et même si son orgasme s'apaisait, le bruit de ses couilles continuait. Ils étaient maintenant trempés de son sperme et créèrent un désordre là où ils atterrirent entre ses cuisses.

"Katie!" souffla-t-il au-dessus d'elle, sa queue palpitant toujours dans son cœur. Il n'avait pas joui. Il serra sa taille plus fort, ses ongles s'enfonçant douloureusement dans la peau. "Katie?" » murmura-t-il d'un air interrogateur, glissant ses mains de haut en bas. Lorsqu'ils remontèrent ensuite, ses doigts dégrafèrent adroitement la bretelle de son soutien-gorge et il se pencha. Sa poitrine nue couvrait son dos et sa main se força sous son corps, se serrant sur ses seins. Ils ont été écrasés sur le matelas. Et avec un gémissement ravi devant l'intimité, la proximité, elle souleva légèrement son corps pour laisser la place à ses mains.

Il lui serra les seins avec une férocité atroce, et alors qu'elle criait sous la torture, il s'enfonça dans sa chatte. Sa queue était implacable à la recherche de son propre

orgasme. Mais il donna et donna jusqu'à ce qu'elle éclate de chaleur liquide et frissonne sous lui alors que ses orteils se courbaient dans des délices gratuits.

Son sperme s'échappa de la tête de sa bite, s'accumulant dans sa chatte, la remplissant de sa semence chaude. Toujours tremblante des conséquences de son orgasme, elle tendit sa chatte, essayant d'aspirer jusqu'à la dernière goutte de son sperme de sa tige.

Il s'immobilisa et sortit sa queue de ses limites humides et fondues. Ses genoux vacillèrent sur le tapis et la réalité la frappa.

Il avait du sperme en elle. Il n'avait pas utilisé de protection. Elle se redressa juste au moment où il était sur le point de l'aider à se relever et se tourna vers lui. "Tu... tu es entré en moi!" » cria-t-elle d'un ton accusateur et Damon resta bouche bée devant son expression furieuse.

Pour la première fois de sa vie, il resta sans voix. Ses lèvres s'entrouvrirent et se fermèrent alors qu'il essayait de formuler une réponse. Il n'y a eu aucune réponse. Il avait été irresponsable et imprudent. Il n'avait jamais risqué de mettre enceinte aucune de ses soumises, n'avait jamais baisé qui que ce soit sans protection. Une boîte pleine de préservatifs se trouvait juste là, à un mètre de là, dans le tiroir de sa table de chevet, mais il n'avait même pas envisagé d'en mettre une.

"JE..."

Katie vit son expression et déglutit, se mettant à genoux tremblants pour attraper son pull. "Nous aurions dû utiliser une protection."

Nous? "C'est de ma faute. J'ai oublié."

"Eh bien, je ne te l'ai pas demandé, donc c'est aussi de ma faute, je suppose." L'atmosphère avait soudainement changé. Damon n'avait jamais été aussi gêné après un rapport sexuel. Il n'avait jamais eu de relations sexuelles ; en réalité, il a continué pendant des heures à fesser, à lier, puis à pagayer ses soumis, les amenant à l'orgasme après l'orgasme avant de libérer son propre désir.

Katie n'était définitivement pas sa soumise.

« Il faudra que j'aille voir un médecin dans la soirée, tu ne crois pas ?

D'accord. Cela ressemble de plus en plus à une relation. Il n'avait jamais discuté de quoi que ce soit, même d'un tant soit peu important, avec aucun de ses précédents sous-marins.

"Pourquoi veux-tu aller chez le médecin?"

«Pour obtenir une ordonnance», dit-elle comme s'il était stupide.

Il attacha sa ceinture et enfila sa chemise blanche, perdu dans ses pensées. « Ordonnance pour quoi ?

Sa mâchoire s'ouvrit. "Si vous essayez de me mettre enceinte, ce serait une meilleure idée de me le dire!"

"Quoi?" Il a ri de son allégation insensée.

«Je dois me procurer quelque chose maintenant... des pilules ou autre. "

« Vous n'avez pas besoin d'ordonnance pour cela. Vous pouvez simplement vous procurer la pilule du lendemain à la pharmacie.

"Oh." Elle se sentait stupide maintenant. C'est ce qu'il voulait dire. Et elle avait supposé qu'il essayait de l'utiliser comme enclos d'élevage. "Je le récupérerai au retour." Elle enfila ses bottes et Damon la regarda bouche bée.

"Asseyez-vous!" siffla-t-il et elle s'immobilisa, se glissant sur le lit. Il se tenait devant elle, les mains enfoncées dans les poches de son pantalon, d'une manière qui lui donnait toujours l'impression d'être une enfant d'âge préscolaire devant un professeur qui la terrifiait. « Écoutez. Toi et moi, si nous voulons faire cela, nous devons nous faire confiance. Lorsqu'elle le regarda bouche bée comme s'il avait parlé en français, il pinça les lèvres et s'assit, son poids appuyé sur ses orteils. « Cette relation nécessite un peu de confiance. Quand je te donne une fessée ou que je te pagaye, " son visage devint rouge à ce rappel et il sourit, " tu dois me faire confiance. Bien?'

"Mhmm."

« Plus tôt, je pensais que vous recherchiez un emploi dans mon entreprise, maintenant vous pensiez que j'essayais de vous mettre enceinte ! » S'exclama-t-il et Katie ne put s'empêcher de rire aux éclats devant l'absurdité de leurs hypothèses enfantines. « Je n'essaie pas de te mettre enceinte. J'ai juste... j'ai perdu le contrôle.

Katie s'éclaira d'un sourire rassasié. Je lui ai fait perdre le contrôle !

"Deuxièmement, vous n'allez pas à la pharmacie, ni ailleurs pour le moment !" ordonna-t-il en se relevant. «Nous sortions dîner.»

"Nous sommes?" La joie éclata dans sa poitrine. Damon était tellement... incroyablement... fascinant.

"C'est une relation, Katie." Il ouvrit son placard pour trouver un costume fraîchement repassé. «Je t'emmène dîner. J'essaie de résoudre votre problème de chômage. Et je t'achète des cadeaux.

"Et qu'est-ce que je fais pour toi?"

Il se tendit, se tournant pour la regarder comme si la question ne lui avait jamais traversé l'esprit. Une fois de plus, elle l'avait choqué et l'avait rendu immobile. "Je ne sais pas. Je n'y ai jamais vraiment pensé.

Katie n'a pas compris comment il avait pu continuer avec des soumis sans rien attendre de cette relation. Il ne pouvait pas simplement donner et donner.

Son cœur fondit devant le choc sur son visage. Sachant très bien qu'il n'apprécierait peut-être pas ses avances, elle se rapprocha, glissant sa main sur sa poitrine. Il reluqua sa main et elle se pressa plus près de sa poitrine, levant son visage vers le sien. "Puis-je te préparer plus de cupcakes?"

"Bien sûr," modifia-t-il rapidement avant de dire quelque chose de bêtement amoureux. Elle l'affectait d'une manière qu'il s'efforçait de combattre. Après avoir envisagé d'abandonner la relation dominant-soumis juste pour être avec elle – juste pour coucher avec elle, sa conscience lui rappela, le faisant se sentir sale et pervers – qu'il aurait dû s'attendre à ce qu'elle l'affecte davantage.

"Puis-je t'emmener dîner ?"

"Non!" il rit et se pencha pour déposer un baiser sur sa joue. L'action l'a choqué et il a intérieurement résolu de se contrôler. Elle prenait l'habitude de lui faire perdre tout contrôle. C'était un dominant. Il s'est nourri de manière incontrôlable. Ou est-ce que je le fais ? Il était incertain en observant son visage en forme de cœur.

"Pourquoi pas?" dit-elle en plaisantant.

Il réfléchit rapidement. Il n'y avait aucune chance qu'il abandonne autant de contrôle. Il était le dominant. Voilà comment cela fonctionnait. "Parce que tu es au chômage."

Elle rit et il la repoussa doucement, s'éloignant de la jeune tentatrice naïve qui ne savait même pas à quel point elle était séduisante.

"Katie?" » demanda-t-il alors qu'elle lissait ses cheveux dans le miroir. « J'ai demandé à ma secrétaire de récupérer votre CV dans les dossiers de l'entreprise et il est indiqué que vous avez vingt-sept ans. Quel âge as-tu vraiment?"

"Est-ce que j'en ai l'air quarante?"

"Non. Tu as l'air d'avoir dix-neuf ans.

"Pfft," dit-elle en rougissant et il lui attrapa le bras, la tirant sur sa poitrine. Sa respiration s'arrêta et son cœur cessa de battre.

« Je ne vous corrompt pas, n'est-ce pas ?

Ces mots, prononcés avec un profond remords et une profonde agonie, la firent déglutir. Elle secoua la tête. "Non, Damon."

Ses lèvres roses et douces formant à nouveau son nom le firent se pencher et l'embrasser, dévorant sa bouche avec un désir païen. Elle s'accrochait à son costume pendant qu'il le suçait et se léchait les lèvres, et leurs langues s'emmêlaient dans leurs propres ébats furieux. Quand il a finalement fait surface, sa queue dépassait du devant de son pantalon, luttant pour être libérée. Elle se rapprocha et il soupira durement, la repoussant rapidement.

"Katie, si tu continues à faire ça, je devrai à nouveau te jeter par-dessus le lit."

Elle haletait, toujours essoufflée par le baiser bouleversant et glissa ses bras autour de son corps. Effrontément, ses mains couvraient ses hanches et elle pressait son ventre contre son entrejambe engorgé.

Avec un grognement, Damon abandonna le combat de ses reins et de ses sens. Pendant l'heure suivante, Katie vacilla et se tordit alors qu'il la frappait à satiété, puis versait sa charge dans ses entrailles humides. C'était addictif – le fait de savoir que son sperme la lavait à l'intérieur avec sa piqûre chauffée.

**

Une semaine plus tard, Katie fredonnait doucement alors qu'elle s'habillait pour aller chez Damon. La vie avait été un tourbillon constant de surprise après surprise. Elle rassembla les feuilles de dessins sur lesquels elle avait travaillé et les rangea soigneusement dans un dossier.

Le téléphone sonna juste au moment où elle s'apprêtait à partir et elle le décrocha. C'était Brianna.

"C'est vraiment cool, Katie. Tu n'as plus de temps pour moi ! elle s'est plainte.

"Je suis désolé. J'ai travaillé sur de nouveaux modèles pour la boutique et je n'arrive tout simplement pas à avoir assez de temps. Nous déjeunerons ensemble un jour.

« Ton 'quelquefois' n'arrive plus, Katie. De toute façon, comment avance le travail ?

« C'est bien en fait. M. Reynolds, l'investisseur, est vraiment une bénédiction. Il est si brillant et il a tellement d'idées qui pourraient aider notre projet à démarrer avec succès. Je suis allée visiter une propriété hier pour la boutique et c'est tout simplement magnifique. Je vous dirai les détails plus tard.

"Comment va Damon?"

« Il va bien. En fait, je dois courir parce qu'il m'attend. M. Reynolds doit arriver chez lui dans dix minutes et je ne veux pas être en retard.

"Bonne chance, Katie," dit Brianna avec bonhomie et Katie raccrocha.

Dix minutes plus tard, les portes de l'ascenseur s'ouvrirent sur l'endroit où elle avait tant trouvé en l'espace de quelques jours.

"Salut." Damon lui sourit et elle oublia tout comme cela devenait une habitude. Peu importe ce qui la dérangeait, la vue de son visage dissipa simplement toutes ses inquiétudes et elle se sentit légère et libre. Pour la première fois de sa vie, elle avait quelqu'un sur qui compter pour l'aider.

"Je viens avec des cupcakes", annonça Katie en les plaçant sur la table basse et en se penchant pour l'embrasser sur la joue.

Damon avait été choqué la première fois qu'elle l'avait embrassé sur la joue. Désormais, c'était devenu une tradition. Chaque fois qu'elle partait et chaque fois qu'elle arrivait, elle l'embrassait, et il commençait à attendre avec impatience son entrée et son départ joyeux.

Il aperçut la boîte et l'ouvrit précipitamment. Il ne plaisantait pas lorsqu'il disait qu'il adorait les cupcakes. « Des cupcakes achetés en magasin ? Bien, Katie. Je commence à me sentir indésirable ici maintenant.

Elle rit. "J'allais en préparer un lot, mais j'ai ensuite été rattrapé par ces modèles." Elle bouda gentiment et il mit un cupcake dans sa bouche.

"C'est bon. Je sais que tu es occupé.

"Ouais. C'est un changement tellement bienvenu », rayonna-t-elle en se redressant et en prenant un cupcake dans la boîte. "Après des semaines passées à regarder la télévision, c'est tellement mieux de ne jamais avoir le temps de rien."

« Hm. Pas pour moi non plus. Cool." » plaisanta-t-il et elle rit, glissant son bras sous le sien et le serrant contre lui. Damon a agi comme si rien n'était inhabituel, comme il le faisait toujours avec Katie. La vérité était qu'elle s'attachait de plus en plus à lui et qu'il n'était pas habitué aux démonstrations d'affection, même dans l'intimité de sa maison. Il les appréciait. Il appréciait chaque chose que Katie faisait ou disait, et il commençait tout juste à apprendre à lui rendre la pareille.

"Quand vient M. Reynolds?" Elle jeta un coup d'œil à sa montre.

"Il ne vient pas." Annonça-t-il en s'asseyant et en jetant un coup d'œil vers la cuisine.

"Pourquoi?" cria-t-elle alors qu'il faisait signe à la gouvernante de lui demander du thé.

Damon concentra son attention sur son visage. « Parce que je voulais passer du temps avec toi... seule. Parce que nous n'avons jamais le temps de parler.

L'affection s'infiltra dans Katie et elle se rapprocha de lui, glissant sa main sur sa cuisse. Il se tendit mais combattit sa réponse initiale, puis se détendit rapidement alors qu'elle posait tendrement sa main sur la sienne.

"Je suis désolé d'avoir été si occupé."

"C'est bon. Une fois votre entreprise lancée, vous disposerez de plus de temps. Vous pouvez déléguer."

Elle soupira. "Damon, je ne peux pas te remercier assez."

« Nous avons vécu cela tellement de fois. Je n'ai rien fait. Je t'ai trouvé un investisseur et il a aimé ton travail. Le fait que vous ayez de l'expérience dans un magasin de vêtements haut de gamme vous a aidé... Pas moi.

"Quand même... merci." Il hocha la tête en détournant le regard. « Tu sais, ce matin-là, quand je t'ai vu, cela me semble il y a longtemps même si ça fait quoi ? Genre... dix jours à peine ? J'avais passé une très mauvaise nuit, un mauvais mois en fait. J'étais tendu et inquiet. Brianna m'avait dit qu'Intercorp possédait une usine de confection et j'y avais postulé aussi, partout... c'était juste... c'était une si mauvaise période.

Il lui serra chaleureusement la main dans la sienne, tirant un immense plaisir d'un acte aussi simple. Katie avait redéfini ce qui pouvait être gratifiant.

«C'est fini, Katie. Une fois que votre entreprise aura démarré, vous n'aurez plus jamais à vous soucier du chômage.»

Elle rayonnait. "N'est-ce pas? C'est tellement génial!"

Il soupira et lui tendit la main, paume vers le haut. De son autre main, il traça les lignes de sa paume.

«Je pensais également utiliser mon fonds en fiducie pour investir dans l'entreprise. Qu'en penses-tu?"

"Absolument pas! Ne risquez jamais votre propre argent. Vous avez un investisseur qui prend le risque. Pourquoi devez-vous mettre en péril votre sécurité financière ?

« Mais pour l'instant, ma part dans l'entreprise est plus petite. Si j'utilise la confiance... »

"Pas question, Katie," dit-il doucement, secouant la tête comme s'il était sérieux. "Je ne vous laisserai pas jouer votre propre argent."

« Mais tu me fais confiance, n'est-ce pas ? Pensez-vous que la boutique sera géniale ?

"Bien sur que oui."

"Alors?"

Il soupira. "Katie. Je ne veux pas que vous utilisiez votre fonds en fiducie. C'est comme si ce n'était même pas sujet à discussion. Si vous en parlez devant Reynolds, je jure que je lui demanderai de se retirer de l'accord. La menace lui fit pincer les lèvres et elle retira sa main de la sienne.

"Tenez-vous bien," le réprimanda-t-il doucement et il lui retira la main.

Elle a souri. Il y a quelques jours, il l'aurait mise en colère et lui aurait lancé un regard noir, puis l'aurait jetée à quatre pattes pendant qu'il lui faisait plaisir au nom de la punition. Maintenant, il était si... gentil.

"Tu es mignon."

Il grimaça. "Fermez-la."

Elle rit et posa sa tête sur son épaule. Damon regardait droit devant lui, tendu et maladroit. "Est-ce que je peux te dire quelque chose?"

« Hm ? »

"Je déteste que tu n'aies plus de temps pour moi."

Elle s'immobilisa puis croisa son regard. "C'est juste pour quelques semaines, Damon."

"Je sais je sais. Je sais que c'est important, et je ne m'interposerai jamais entre toi et ce projet. C'est une expérience qui change la vie.

"Et alors?"

Il se pencha sur le côté et la regarda dans les yeux. S'avançant, il repoussa une mèche de cheveux bruns doux de sa joue et la plaça derrière son oreille. Elle était si belle. Elle était réelle. Peu importe où ils allaient ou qui ils rencontraient, elle s'habillait toujours avec une dignité tranquille, des décolletés sobres et des ourlets modestes. Avant elle, il n'avait jamais pensé admirer cette qualité.

"Emménagez avec moi."

La mâchoire de Katie s'ouvrit. "Quoi?" elle a ri.

"Ce n'est pas drole. Vraiment, Katie. Je veux que tu emménages avec moi.

Katie rougit. A quoi pense-t-il ? Il est vrai qu'elle était incroyablement attirée par lui, mais ils étaient dominants et soumis. Même si cette relation avait les qualités d'une vraie relation, il était tout simplement trop tôt pour jouer autant après si peu de temps.

«J'habite à cinq minutes!» elle a pleuré et il a hoché la tête.

"Je sais. Mais ça fait cinq minutes que je ne peux pas passer avec toi.

Un sourire s'étala sur son visage. Elle était intelligente. Elle savait qu'emménager si tôt avec Damon Meade était une très mauvaise idée. Plusieurs de ses amis avaient ruiné des relations parfaitement géniales en franchissant cette étape trop tôt. Mais il n'était pas comme les autres. Leur relation ne ressemblait à aucune autre.

Pensant que Katie allait refuser, il réfléchit follement à quelque chose à dire qui pourrait la convaincre. "C'est la première fois que je demande à quelqu'un d'emménager avec moi, Katie. Tu me refuses et je serai tellement énervé", a-t-il plaisanté et elle a souri.

"J'apporterai mes affaires ce soir."

Il se détendit visiblement et expira profondément. "Maintenant."

"Quoi?" elle rit et il se leva, l'entraînant. « Nous allons récupérer vos affaires tout de suite. Vous vivez officiellement ici maintenant. Laisse-moi me changer et je sors immédiatement.

Katie rit devant son empressement évident. Il avait tellement de côtés. Il était comme un diamant – brillant et convoité – avec de nombreuses facettes. Chaque côté avait son propre éclat.

L'interphone sonna et jeta un coup d'œil vers la chambre. Damon était dans la salle de bain alors elle est allée de l'avant et a décroché le combiné. Puisque techniquement elle vivait là maintenant, cela ne le dérangerait sûrement pas qu'elle réponde à un appel de la réception de l'immeuble.

"Et alors?"

Il se pencha sur le côté et la regarda dans les yeux. S'avançant, il repoussa une mèche de cheveux bruns doux de sa joue et la plaça derrière son oreille. Elle était si belle. Elle était réelle. Peu importe où ils allaient ou qui ils rencontraient, elle s'habillait toujours avec une dignité tranquille, des décolletés sobres et des ourlets modestes. Avant elle, il n'avait jamais pensé admirer cette qualité.

"Emménagez avec moi."

La mâchoire de Katie s'ouvrit. "Quoi?" elle a ri.

"Ce n'est pas drole. Vraiment, Katie. Je veux que tu emménages avec moi.

Katie rougit. A quoi pense-t-il ? Il est vrai qu'elle était incroyablement attirée par lui, mais ils étaient dominants et soumis. Même si cette relation avait les qualités d'une vraie relation, il était tout simplement trop tôt pour jouer autant après si peu de temps.

«J'habite à cinq minutes!» elle a pleuré et il a hoché la tête.

"Je sais. Mais ça fait cinq minutes que je ne peux pas passer avec toi.

Un sourire s'étala sur son visage. Elle était intelligente. Elle savait qu'emménager si tôt avec Damon Meade était une très mauvaise idée. Plusieurs de ses amis avaient ruiné des relations parfaitement géniales en franchissant cette étape trop tôt. Mais il n'était pas comme les autres. Leur relation ne ressemblait à aucune autre.

Pensant que Katie allait refuser, il réfléchit follement à quelque chose à dire qui pourrait la convaincre. "C'est la première fois que je demande à quelqu'un d'emménager avec moi, Katie. Tu me refuses et je serai tellement énervé", a-t-il plaisanté et elle a souri.

"J'apporterai mes affaires ce soir."

Il se détendit visiblement et expira profondément. "Maintenant."

"Quoi?" elle rit et il se leva, l'entraînant. « Nous allons récupérer vos affaires tout de suite. Vous vivez officiellement ici maintenant. Laisse-moi me changer et je sors immédiatement.

Katie rit devant son empressement évident. Il avait tellement de côtés. Il était comme un diamant – brillant et convoité – avec de nombreuses facettes. Chaque côté avait son propre éclat.

L'interphone sonna et jeta un coup d'œil vers la chambre. Damon était dans la salle de bain alors elle est allée de l'avant et a décroché le combiné. Puisque techniquement elle vivait là maintenant, cela ne le dérangerait sûrement pas qu'elle réponde à un appel de la réception de l'immeuble.

"Oui."

« Il y a un appel pour M. Meade. C'est une Miss Sally Fields. Elle m'a demandé de la laisser passer son appel.

"Euh... attends une seconde, s'il te plaît." Katie jeta un coup d'œil par la porte de la chambre et Damon était toujours dans la salle de bain. "Je suis désolé, M. Meade est..."

"Bonjour?" Une voix féminine retentit dans le combiné et Katie se rendit compte que l'opérateur de l'immeuble avait passé l'appel par erreur.

"Salut. M. Meade est occupé en ce moment. Pouvez-vous laisser votre numéro et je lui demanderai de vous rappeler plus tard ? Katie a trouvé un stylo et un bloc-notes à côté du téléphone.

« Damon a mon numéro. Êtes-vous sa gouvernante ?

"Non, pas vraiment." Katie ne savait pas quoi dire. Je suis sa petite amie ? Il n'avait même jamais utilisé ce mot, réalisa-t-elle avec sursaut. Qu'était-elle si quelqu'un lui demandait ? Son soumis ?

"Eh bien, ça change les choses !" La femme bouillonnait de fureur de l'autre côté. Katie avait le sentiment que la femme venait de réaliser qu'elle était la soumise actuelle de Damon. "Dites à Damon que notre rendez-vous de ce soir est annulé. J'ai un autre endroit où je dois être. Mais dis-lui qu'il peut venir chez moi. À la même heure qu'hier soir. Sur ce, elle raccrocha et Katie tint le téléphone contre son oreille, hébétée.

"Prêt à partir ?" » dit Damon juste derrière et elle se tourna, le visage cendré.

Emménagez avec moi. Je n'ai jamais demandé à personne d'emménager avec moi auparavant. Cela fait cinq minutes que je ne peux pas passer avec toi.

Elle pinça les lèvres tandis que la colère et la douleur la mettaient presque à genoux. À ce moment-là, elle réalisa à quel point elle lui était attachée. Il avait tissé une toile autour d'elle et elle était piégée dedans.

"Êtes-vous d'accord?" Il attrapa son visage et elle se recula brusquement, faisant plisser ses yeux. "Qui était-ce au téléphone?"

*

Don't miss out!

Visit the website below and you can sign up to receive emails whenever Père Lolo publishes a new book. There's no charge and no obligation.

https://books2read.com/r/B-A-WAWIB-OFYDD

Connecting independent readers to independent writers.

Also by Père Lolo

Échos de passion